별자리에서 길을 잃다

도서출판
작가마을

별자리에서 길을 잃다

초판인쇄 | 2019년 12월 1일
초판발행 | 2019년 12월 10일

지 은 이 | 성덕희
편집주간 | 배재경
펴 낸 이 | 배재도
펴 낸 곳 | 도서출판 작가마을
등   록 | 2002년 8월 29일제 2002-000012호
주   소 | 부산광역시 중구 대청로 141번길 15-1 대륙빌딩 301호
          T. 051248-4145, 2598   F. 051248-0723   E. seepoet@hanmail.net

ISBN 979-11-5606-139-7 03810   정가 10,000원

※ 이 도서의 국립중앙도서관 출판예정도서목록CIP은 서지정보유통지원시스템 홈페이지
   (http://seoji.nl.go.kr)와 국가자료공동목록시스템(http://www.nl.go.kr/kolisnet)에서
   이용하실 수 있습니다. (CIP제어번호 : CIP2019049328)

부산광역시
PUSAN METROPOLITAN CITY

부산문화재단
BUSAN CULTURAL FOUNDATION

본 도서는 2019년도 부산문화재단 지역문화예술특성화지원사업으로 지원을 받았습니다.

별자리에서 길을 잃다

성덕희 시집

해묵은 타임캡슐을 열어 봅니다.
아득히 먼 별자리 시간에서부터
운명의 힘을 믿고 싶었던 그 시절
사연들이 풀려 나옵니다

아픈 삶의 틈새에서도 길잡이 목동되어
손 내미는 샤롬, 그대 있어
철 늦은 꽃 피울 수 있었음을 감사드리며
이 시집을 바칩니다

2019년 늦가을

성덕희

• 차례

3부 | 꽃과 사람

4부 | 또 다른 하루

성덕희 시집

• **차례**

제1부

봄
|
그
언
저
리

봄, 그 언저리

봄비가 가볍게 지나만 가도
뒷산은 술렁거리기 시작한다
연두가 성숙해지는 봄
연한 것들이 날개를 틔우는

봄, 그 언저리

몇 밤이 지나면
가슴 깃털 부풀리며 유혹하는
극락조의 춤으로
아찔한 꽃사태가 올 것이다
화려한 슬픔
낯익은 기다림으로

봄소식

벚꽃 길 팔십 리는
지리산 굽이 휘돌아
느릿느릿 하동포구로 흐릅니다

고깔 제비꽃은
청솔가지 틈으로 봄소식을 전하고

이끼의 체온으로 숨쉬는
산동마을, 산수유꽃
돌담길 들어서면 푸른 입김 서립니다

햇살 속으로 흐르는 나도
노란 꽃구름으로 피어납니다

낙화落火놀이*

축제를 알리는 사물놀이패 농악이
나직나직한 마을을 돌면
비스듬한 석양이 마저 드러눕는다

심지마다 타오르는 불꽃 번뇌는
바람 타는 무진정 연못가에
흑요석 눈빛의 아라가야 왕녀가 놓쳐버린 목걸이
산산히 흩어지는 유리구슬처럼
빛의 폭포로 쏟아져 내린다

가는 숨결, 불꽃으로 사위어 가는
우리 푸른 한때

칠백 년 세월 너머 환생한 연꽃,
그 옛날 고려시대 아라홍련은
올해도
초여름 낯색으로 박물관 앞뜰을 찾아오겠지

* 4월 초파일 아라가야 고도, 함안 무진정에서 낙화봉에 점화하여 태우는 전통놀이

고무신에 달빛 부서지고

망월사의 하루는
저녁예불 소리로 저물어 가고

낙가보전*꽃 창살 무늬에 어둠 내리면
부지런히 달을 낚는 월조문을 지나
지혜를 밝힌 촛불방에서
무명초 고운님들은
하늘 부처를 만난다
긴 침묵 끝
망상을 몰아내는 장군죽비 소리

도봉산 진달래, 서럽던 세월만큼
만다라를 향한
아름다운 동행

'물속의 달을 건지듯 하라'
화두話頭 하나 들고
길을 묻는 운수납자**들
기다림으로 섬돌을 떠돌던

고무신에 달빛만 부서지고 있네

시절 인연 따라
화엄세계 이어주는 풍경은 그대로인데

* 천수천안관세음보살의 거처가 보타낙가산, 천수경을 설법한 자리
* * 탁발승, 구름처럼 물처럼 떠도는 나그네 승려

바다 사람은 꿈꾼다

썰물이 나가고
하루 두어 차례
선약 같은 밀물이 들어올 때
나는 목선을 타고
신안 앞바다로 나간다
어부의 그물에는
수없이 파랑주의보가 걸려들지만
퍼덕이는 만선의 꿈은 버릴 수 없다

보를 따라
염전에 흘러드는 바닷물
염부의 땀보다는 짜지 않으리
소금기 말리던 고단한 세월을
햇살과 바람은 알고 있다
눈물이 소금보다 짜다는 것을

늦은 봄 기다리는 빈 창고마다
오늘도
바다 사람은 소금꽃 가득 피워 올린다

청산도를 걷다

나침반으로도 찾을 수 없다는 푸른 섬
'슬로길 백 리 걷기 축제'에 걸음을 싣습니다
슬로시티답게 청산도의 시간은
숨소리도 쉬어가는 듯
느리게 느리게 흘러갑니다
먼 수평선까지 동참했던 물결도
발자국 풀어 갯벌에 드러누울 때쯤
진도아리랑 곡조가 녹아 있는
청보리밭 이랑 따라
서편제 황톳길을 따라 걷습니다

드라마 '봄의 왈츠' 촬영지 당리
유채꽃 출렁이는 돌담 사잇길 들어서면
저만치서 옛날을 건네는 기억들이
송이송이 물결져옵니다
범바위 전망대에서
서해바다 일몰에 잠겨봅니다
앞으로 얼마나 더 걸어야
오늘 같은 이 그리움, 걷어낼 수 있을까요

山門을 나서며

지리산을 한달음에 넘는 구름과 바람
싸리비질 한 절집 마당에
더미더미 안개를 풀어놓는다

삼백 살 흑매화 피는 봄이면
화엄사도 시름시름 꽃 몸살 앓는다지
때늦은 그 향기 만날 수 없어
각황전 앞 석등에다
마음자리 밝힌 등불 하나 걸어두고
발걸음을 돌린다

덕장전 기와지붕, 담장을 덮어버린 벚꽃 잎새들
바람의 손끝으로 분분히 흩뿌려지는 낙화에
왈칵, 눈물이 솟고

어쩔 수 없는 업보와 욕망 사이
그 찰나의 아름다움에 화두를 던지며
금강문 지나 산문을 나선다

인연 따라 기도도량이 선다고 했지

화두를 받다 '美'

금정산 맞은 편 보덕사는
청미래 덩굴 눈부신 아침을
오색 연등으로 내걸었다

구름이 이끄는 대로
금강계단 올라서면
화엄경 설법으로 대웅전 부처님
사바세계 굽어보시고
큰 미소로 화두話頭를 건네신다
아름다울 '美'

아름다움이란
세상이 저질러 놓은
모든 죄의 원천이며
슬픔이 피어놓은 꽃

주체 못하는 바람에
잔가지 흔들릴 때마다
찰나에 미련 두지 말라는 말씀
풍경風磬으로 흩어진다

봄은 낮은 풀꽃으로 오고

하늘 문 잠시 열어둔 사이
저승길 사연이라도 배달 온 것일까
청명 한식날 성못길에서 만난
집배원의 낡은 가방에서는
와르르 옛기억들이 쏟아집니다

아득한 세월 너머
안타까움으로 머물던 푸른 시절

해마다 낮은 풀꽃들의 봄이
북망산 어머니의 추억으로 젖어들 때
나이를 먹어가며 깨달았지요
서서히 무너질 시간 앞에서도
용기 있게 다가서야 한다는 것을

진달래꽃전과 두견주 한 잔으로
무르익어가는 봄날 한나절을
천자봉 풍경처럼 앉아 있었지요, 우리는

어떻게 이 짧은 봄을 아껴서 보낼까"
어느 詩人의 말을 중얼거려가면서

짧다

꽃술로 온누리를 울리던 노래여

산맥 굽이 돌아온 바람으로

들녘마다 씨앗들 눈 뜨게 해놓고

꽃떨기 향기들 온통 휘저어 놓고

어느 천재 詩人의 짧은 생애처럼

하루아침에 홀홀 떠나고 마는

정처 없는 봄의 노래여

제2부

茶香 한 쌈지 풀어 놓고

매화梅花 소리

  봄바람이 이끄는 발걸음은 박물관에서 멈춘다 화가 전기
田琦*가 그린 채색화 '매화초옥도'**를 읽는다 잔설이 남아
있는 이른 봄, 붉은 옷을 입은 사내가 거문고를 둘러메고
다리를 건넌다 맞은 편 매화가 흐드러진 초옥 창가에 녹색
옷을 입은 사내 역매*** 피리를 불며 벗을 기다리고 있다
곧 두 사람은 반갑게 만나 매화를 완상玩賞하며 '봄의 소리'
를 연주할 것이다

  계절을 입힌 찻자리, 찻잔에 뜬 매화 향기에 홀려 이웃나
라까지 탐매여행을 다니며 매화 문양의 소품들을 수집하
던 한때가 있었지 오늘은 매화 한 가지 꽃병에 꽂아두고
먼데 있는 벗에게 남도 봄소식 몇 줄 전해야겠다

* 호 : 고람(古藍) 추사 김정희 제자
** 매화초옥도 : '매화초옥도'에 역매형이 초옥에서 피리를 불고 있다(亦梅仁兄
       草屋笛中)
*** 역매 : 오경석 순조 때 역관 서화가, 전기의 벗

입춘 방 걸어놓고

'입춘대길 건양다경立春大吉 建陽多慶'
다실에 입춘방 걸어놓고
새봄 오는 길 닦아 놓는다

봄이 날아든다
홍매가 눈을 뜨고
자란이 촉을 내밀고
호접란 날개를 여민다

오미자다식 한 접시 담아놓고
가루차 휘저어 거품 내면
차선이 지나간 자리마다
새털구름 내려앉고
대추꽃송이 피어나는
말차, 점다풍경點茶風景이 된다

이라보 찻사발 가득
꽃샘바람 일렁인다

그냥 봄비와

잠시 나갔다 온 사이
지인이 보낸 봄비 편에 수선화 꽃다발
대문 앞을 밝히고 있다

화사해진 마음에
"꽃향기 맡으며 차 한 잔 나눕시다"
연락해봐도 묵묵부답 기별이 없다

행여 소식 올까 목 빼고 기다리며
찻자리 준비로 종종거리면
지인의 소식보다 먼저
비발디의 '봄'이 문턱을 넘어온다

금잔은대金盞銀臺*와 더불어
새벽부터 주춤거리던 봄비와 마주 앉아
죽로차를 마신다

* 수선화. 노란 꽃은 금잔 같고 하얀 꽃잎은 은잔대와 같다

봄 잔치

맑은 산 가까이 다가 와
찻자리 둘러 설 즈음
뻐꾹새 울음 섞어
햇차를 마신다

비어 있는 찻잔으로
구름도 지나가고
초록 잎새도 들어앉고

후드득

후드득 미련 없이 꽃 진 자리
장맛비 소식 날아든다

파르르 가슴 떨림으로
꽃순 돋아나던 푸른 날

옥로차 한 잔으로 한가해진 시간
오래된 그날들이
찻잔 속에 피어난다

茶香 한 쌈지 풀어놓고

빗소리 찰방대며
수련 잎으로 걸어 나오는 날

늘 우산이 되어준 오랜 그대와
꼭꼭 싸둔 다향 한 쌈지 풀어 나눈다

곱디고운 송홧가루
달무리로 우려낸 말차
그 깊은 풍미 사이로
우리들의 계절은 농익어만 가고

그대와 나
긴 생애 끝자락까지
굽이굽이 다향茶香으로 남아
아롱아롱 젊은 날 피워내기를

가을 소나타

어느새 꽃씨가 익었다고

문밖 귀뚜라미가 기별을 전한다

다실 등잔불 아래 그윽한 눈빛, 심지 돋우어 놓고

노박 덩굴과 비로용담꽃 한 가지로 우려낸 가을을 나눈다

서리 기러기 떼 노을 속으로 날아갈 무렵

솔바람, 찻잔에 담아

– 원광 스님*을 추모하며

솔방울, 알알이 솔바람으로 여물었네요
한아름 주워다가
돌솥에 찻물 끓이면
소나무에 바람 불 듯이**
잣나무에 비 내리듯
일렁이는 뒤란 대숲
찻물보다
가라앉았던 茶心이 먼저 끓습니다

마침맞게 솔바람도 불어와
빈 찻잔에 담아봅니다

고요해진 茶神의 숨결로 우려낸
죽로차 한 잔
우주를 떠받드는 정성으로
스승님께 두 손 높여 올립니다

여란다회 시절, 익숙해진 茶살림으로
다도의 멋과 풍류에 물들 무렵

연꽃 나라 가신 원광스님
산중 풍경에 나오는 신선처럼
'달빛 베고 누워 솔바람 곡조' 듣고 계시나요
초롱초롱한 별들의 지저귐 듣고 계시나요

* 승려시인. 잡지 '다심'지 발간. 1989년 열반에 듦.
** 서산대사의 송풍회우 – 찻물 끓는 소리를 비유

분청 사발〔茶碗〕

오랫동안 길들여진 분청다완
손금 보듯 들여다봅니다
자박자박 발자국 소리처럼
찻물이 스며들어
실금으로 키워온 세월들

달의 숨소리와
도공의 들숨날숨이 배어든 사발 안
'눈박이'*가 저문 안부를 물으면
보름달 모양, 차고임 자리에
찻솔이 들어섭니다
그득하게 담긴 달빛차를 따르는 나는
시냇물이었던 한 시절을 흐르다가
격랑이었던 바다, 한때를 추억하다가

어느덧 연둣빛 평정심을 찾아 갑니다

* 장작 가마에서 사발을 포개어 구울 때 생기는 표시

다식茶食을 빚다

저고리 앞섶 여미고 앉아 다식을 빚는다
흑임자가루에겐 팔괘와 태극을
푸른 콩에겐 수복강녕, 간절한 글씨를 당부한다
오미자는 꿀 먹은 꽃으로 함초롬히 눈 뜨고
송화는 나비가 되어 퍼덕거린다
황율은 어느덧 물고기 지느러미로 방향을 잡는다
기막힌 음양오행의 다식판 문양에
조심조심 낙관을 찍어본다

잘 우려진 우전차雨前茶에 곁들여진 다식은
오방색* 피워내는 꽃밭이 되고
오고 가는 정다운 다담茶談 속
긴 여운 풀어내는 다상茶床 너머로
서쪽으로 향하던 달이 기웃거린다

* 한국의 전통 색상. 황 청 백 적 흑 5가지

별자리에서
길을 잃다_____ 성덕희 시집

제3부

꽃과 사람

여름 향기

 나무 백일홍 필 때면 범보다 더 무서운 여름 손님이 찾아
온단다
 생전의 어머니 목소리, 귓전에 스친다

 석 달 열흘 내내
 배롱나무 꽃등에선 여름향이 피어오른다

 태양이 펄펄 끓는 날
 마음의 쉼표, 어머니가 그리워지면
 논산의 명재고택이나
 담양의 명옥헌 원림에서
 화사한 웃음 터트리는 배롱나무 꽃그늘을 떠올리자
 네모난 연못에 비치는 구름무늬 속에
 물 머금은 배롱나무, 여름 향기를 그리워하자

초록 이야기

두 손으로 가꾼 일상
꽃으로 피어나는 정원에서
초록 이야기를 듣습니다

그 여자, 오월의 에메랄드로
안토니우스를 사로잡았다지요
스스로 초록 뱀에게 다가섰던 전설은
끝내 크레오파트라의 비극이 되었다지요

행운과 불행
양면을 지닌
만 원권 지폐나 달러는
왜 초록색이며

S.F 영화에 나오는
괴물의 피나 점액은 또
왜 초록색이어야 하는지

초록세상의 이야기 더 듣고 싶다면

나폴레옹의 롱우드 저택은 아니어도

오래 머물고 싶은 마음 터

샤롬의 정원, 기억하시기를

꽃과 사람

지구별에는 꽃과 사람과 꽃의 전설이 어울려 산다

축복의 자리에도 슬픔의 자리에도
가장 먼저 달려오는 꽃다발

반백 년을 지나 온 백 년을 기다려야 하는
소나무, 대나무꽃이 있는가 하면
칠 년 걸려 어렵사리 피어선
뒤도 돌아보지 않고 이틀 만에 지는 희귀한 꽃
지독한 냄새로 곤충과 사람을 불러 모으는
타이탄. 아룸*이 있다

향기라는 이름으로 계절을 흔드는
꽃들의 향연
아, 그러나 수많은 꽃보다 더 꽃 같은 사람
이어李漁**라는 사람 있었다지
쾌락의 정원에서 꽃구경, 새소리 잡으려
꽃보다 늦게 잠들고
새보다 일찍 일어났다지

〉

밤새 떨어진 뭇별들이
풀꽃의 전설로 일어서는 아침이면
누구나 햇살 한 송이쯤
피워낼 수 있는 하루를 소망한다

*인도네시아 자바섬 보고르 식물원에 있는 꽃 이름(시체화)
* *청나라시대 사람, 희곡 이론가

뜨락 안 어머니

저녁 분꽃, 까만 꽃씨로 익어가던 날

손톱에 봉숭아꽃물
여릿여릿 물들어가는 동안
어머니 무릎베개 아래로 쏟아지던
온갖 별자리 이야기에
그만 나비잠에 빠져든 어린 날이 있었지요

검은 두루마기에
족도리 화관 쓴 여인에게서
탐스런 수국 꽃다발을 받아든 어머니
총총걸음으로 꿈길을 찾아 오셨네요

휘늘어진 능소화에
채송화 백일홍 맨드라미 접시꽃
착한 꽃 가득하던 어머니의 뜨락
그 언저리에서 여물어가던 씨앗들은
이렇게 속절없이 늙어가고 있네요

내 고향 옛집 여름풍경은
바래어가던 꽃의 전설과 함께
싱싱한 추억으로 살아 있네요

지금은 천상의 화원에서 무슨 꽃을 가꾸고 계시나요,
어머니

참매미 울음은

길어야 한 달이다
이 여름이 가기 전
일주일 동안
목마른 울음으로 널 찾아야 한다
이리도 설운 사랑의 세레나데를 위하여
기꺼이 다섯 번이나 허물을 벗었다
오늘도 짧은 생애는 절창絶唱이 되어
여름 숲의 詩가 된다

늦여름 접시꽃

날마다

담장 너머로 커 가는 그리움

소담스런 식탁에서 읽었습니다

접시 가득

바람과 햇빛이 담겼습니다

접시꽃은

해마다 늦여름 성찬盛饌입니다

구름하고 비하고

바깥은 아직 밤꽃향 한창인데
숲속 바람은 눈치도 없이
끊임없는 곁눈질로, 먹구름
유월 장마를 불러 앉힌다

새벽이면 구름으로 오두마니 앉았다가
밤이면 비가 되어 노니는 신녀神女여
그댈 만나는 일은 참으로 애닯아
회왕懷王*은 가파른 무산巫山을 마구 헤메었다지

빗장고름 풀어제친 구름
천둥과 번개 어우르는 비를 만나
젖어버린 우주는 하나가 되었다지

산봉우리 하루를 여는 시간
사랑의 눈금
채 새기기도 전에
섬광처럼, 그대는

장대비 속으로

가뭇없이 사라져 버렸다지

* 회왕(懷王) : 중국 초나라 왕의 이름. 雲雨之情의 유래

풍경風磬으로 울다

바람조차 가물어
후박나무 숲에도
산새가 깃들이지 않고

절집 마당 금강초롱, 은방울꽃
방울 소리 내지 않고

나를 꼭꼭 닫아걸어서일까
처마 끝 풍경, 한없이 침묵하고
나는 풍경 소리 간절해져
몇 차례 탑돌이를 해봅니다

뒷산이 먹구름을 업고 나서야
천둥 번개가 따라옵니다

이제야 바람 올올이 풀어져
풍경 소리 터져 나옵니다
적막한 산을 넘고 강을 건너
참았던 설움들
바람결에 울려 퍼집니다

꽃무릇, 불갑사

삼월 하늘이
먼 피안의 꿈을 재고 있을 때
마당 끝 애기동백은
무심히 피고지고 있었지요

강남제비도 찾아오지 않던 삼짇날
그대, 기다리는 더딘 시간 속
중모리장단을 타는 임방울의 '쑥대머리'가
춘향이 마음으로 데구르르 굴러 와
계면조* 소리 그늘로 젖어들던 저녁나절

어긋난 만남의 기억들은
상사화 전설로 만발하고 있었지요
불갑사 일주문 지날 때쯤
꽃숭어리마다 붉은 그리움으로 타오르다
불갑산 자락에서 수런대고 있었지요
초가을, 꽃무릇**은

* 듣는 자가 눈물을 흘려 슬픔을 나타내는 곡
** 꽃과 잎이 서로 만나지 못함–일명 상사화

대봉감, 알알이

꽃의 침묵을 솎아냅니다

솎아낸 아픈 꽃가지들, 푸른 별자리로 뜨는 밤이면

감나무는 그리움의 나이테를 새깁니다

대봉감은 벌 나비 노랫소리에 여물어가고

그렇게 늦가을도 햇살과 바람으로 익어가고

제4부

또
다
른
하
루

어둠을 깨고

　- 조승래 화백의 'Untitled-1 digital Illustration'을
　　감상하고

선물 받은 조승래 화백의 '미경작' 그림 한 점에서
빗살무늬로 그어지는 빗줄기를 보고
빗방울 소리 듣습니다

작달비 그치나 했더니
여전히 심란한 먹구름 속에는
가시 돋친 태풍의 눈이 숨어 있다는 것을
천둥, 우레, 번갯불을
금방이라도 내리칠
제우스神의 불벼락을 견디고 있다는 것을 압니다

비 머금은 먹구름도
우리 곁에서 웅성거리다가
순한 바람결에 흩어지면
어둠을 깨고 나온 황금햇살에
그늘진 세상은
또다시 보송거리고

설레는 아침의 무늬결도 살아 있습니다

자전거는 기다린다
– 영화 '일 포스티노'를 보고

그리운 소식 기다리다
잠 못 이룬 날들은
우편배달부의 자전거만 보여도 두근거렸지

풋풋한 시절을 불러오는 영화 '일 포스티노'
작은 섬 이스라 네그라에 망명 온
파블로 네루다와의 만남으로
우편배달부 마리오는 시인이 된다
바다마을에서 자갈소리와 밤하늘의 별들까지 녹음하며
마리오가 배웠던 詩
베아트리체와의 결혼과 함께 詩는 무르익고
세상의 아름다움에 눈뜰 무렵
마리오는 生의 끝을 맞는다

詩를 사랑하게 된 지금
루이스. 바칼로프의 'BYCICLE'
그 애절한 멜로디에 나는 한없이 무력해진다
아직도 해변가에 서서
마리오를 기다리고 있을 빈 자전거
두 개의 바퀴가 내 눈물방울을 굴리고 있다

우리의 뿌리, 先史에 닿아

— 반구대 암각화

험준한 우랄산맥
맥맥이 넘고 넘어
'아시아의 진주'라는
알타이족 먼 여정의 끝에
우리의 뿌리, 先史는 닿아 있는가

공룡 발자국들은
반계구곡 물길 따라 흐르고
사슴, 거북은 병풍 속 십장생*으로
지금까지 살아 있는데

반구대 대곡천 바위에 갇힌
귀신고래의 꿈은
동해 바닷길도 열지 못하고
바람서리 무성한
세월로 남아 있는가

*해, 산, 구름, 물, 돌, 소나무, 대나무, 거북, 학, 사슴

하늬바람, 역사가 되고
─ 진흥왕 행차길 따라

고추잠자리 떼, 추녀 끝을 맴돌면
내 고단한 실핏줄에도 붉은 피가 살아 돈다
묘향대제 분향 앞둔 효암재*
대봉감 익어가던 서릿가을날 한때였지

살바토르 달리의 시계처럼
느슨해진 시간들의 두께를 채집하고 싶어
빛벌가야 옛 터전, 창녕
'진흥왕 행차길' 따라 나선다

철새들의 보금자리 우포늪
술정리 삼층석탑 석빙고 향교 지나
교동 송현동 고분군 찾아서
여태껏 살아온 그 옛날을 찾아서
꼬불한 산길을 자분자분

청동기 시대, 진한의 불사국에서
통일신라 비사벌에 이르기까지
녹슨 세월을 거슬러, 숨겨진 이야기들

타래치며 풀려 나온다
대가야 정벌한 이사부와 화랑 사다함
순장소녀 열여섯 살 송현이 하며

고분 능선은 이미 저녁햇살에 잠겨 있다
그 빛그물로 건져 올린 잠의 무게를
계산 없이 재고 있을 때
삶과 죽음을 자유롭게 나들던
저 하늬바람의 기억들은 어떤 역사로 남아 있을까

* 창녕 성 씨 시랑공파 종당 재실 이름

또 다른 하루

울타리 틈새마다 나팔꽃, 소리를 매단다
기상나팔로 초여름 불러내면
아침 기도로 하루가 열린다

손에 잡히지 않는 젊은 날
한낮의 열기로는 삭일 수 없어
잃어버린 세월을 악보로 그려보는 오후
하전하전... 바람조차 공허하다

하릴없이 바쁘기만 했던 날들
허투루 보낸 시간들이
새삼 아깝고 후회스러운 건
나이 듦일까

'이 또한 지나가리라'
다윗왕의 반지에 새겨진
솔로몬의 지혜를 더듬으며
저녁기도와 함께
나는 하루를 닫는다

파도치는 날

아무것도 손에 잡히지 않는 흐린 날은
바다보다 마음 속 파도가 더 높다
茶 한 잔 곁들인
詩 한 줄이 파도를 쉬 재울까
아니면 '애커빌크의 해변의 길손' 클라리넷 연주가 나을까

따뜻한 詩 한 줄
감미로운 노래 한 소절도
말을 잃어버리는 오후
무심히 내려놓은 통기타 줄이 바람에 흔들린다

지금 그곳은
솟구치는 물기둥, 가슴을 쓸고 있을까
파도치던 지난 날
말없이 가만히 어루만지고 있을까

진도를 따라

남쪽 바다는 갖가지 보배로 넘쳐흐른다

울돌목 거센 파도, 갈매기 울음은
귀성포구에 잠든 배 한 척을 깨우고
뱃전에 부서지는 물보라
'명량해전' 역사 한 장 건져 올린다

'모세의 바닷길' 기적처럼 열리면
뽕 할머니의 전설은 호랑이 등을 타고
회동마을에서 모도리를 돌아 흐른다

구름과 바람은
너럭바위에서 한숨 돌리며
오봉산을 넘나드는데
갯마을 낙조에 발길 맡긴 채
다도해 붉은 사랑, 홍주에 취하고도 싶네

여귀산 돌탑 길 시비詩碑공원 지나
달빛 흥건한 국악원 마당에서

육자배기* 에 신명나는 중모리장단
진도아리랑에 어울려
강강술래, 그 치마폭에 휘감기고 싶네

* 한국민요, 전라도를 중심으로 부르는 남도 잡가

소망우체통

파도가 느긋한 잠을 깨운다
간절곶 소망우체통에서
해풍에 절여진 갖은 사연들
아직껏 배달되지 않은 채 쏟아져 나온다
편지를 읽고 답장을 쓰는 사이
서로의 가슴에서
꽃이 되고 별이 되어
사랑은, 그렇게 짙어가고 있다
눈에 와 박히는 젊은 날들
海菊 소담히 그려진 우표 붙여
바닷가 소망우체통에 넣어본다

저 먼 바다 깊이

정답게 살 포갠 자반고등어 한 손
저녁 찬거리로 꺼내들면
어릴 적 가족들과의 식사 한때가 헤엄쳐 온다
간이 잘 배여 맛깔스레 구워진 고등어
엄마는 커 가면서 부딪칠 우리들의 장애물을 예견하셨는지
갈비뼈와 잔가시 발라낸 살점을
밥숟갈에 얹어 주시곤 했다
아직껏 굽지 못하고
저 먼 바다 깊이 숨겨놓은
자반고등어 한 손
종종 그리움으로 다시 살아나 퍼덕이다가
끝내 먼 수평선 위로 돌아눕는다

궁금하다, 부산갈매기

선잠 깬 고깃배들 하나 둘 모여들면
항구는 여기저기 동이 튼다
바닷바람이 새겨놓은 파도를 등에 업은 채
등푸른 생선들은
자갈치시장의 펄떡거리는 하루를 열곤 했다
고갈비로 이름난 충무동 골목에서
피어오르던 저녁연기
연탄불에 달구어놓은 석쇠 위에서
노을빛으로 익어가는 고등어 냄새에
주파수를 맞추던 '부산갈매기'들
부딪치는 술잔 속으로
마도로스의 바다 시편詩篇들이 출렁거리고
막걸리 한 순배 돌고나면
젓가락 장단에 이어지던 살아가는 이유들
흥겨운 가락으로 채워가던
부산갈매기들
지금은 어디쯤에서
그 시절의 낭만과 우정을 두드리고 있을까

제5부

별자리에서 길을 잃다

별자리에서 길을 잃다

풀포기처럼 별무리 돋아나는 어둠 속

독수리 별자리에서 길을 잃은 그날
내 깜빡이는 심장으로 들어 와서
저린 맥박을 짚어준 그대는
길잡이 목동, 나의 견우별이 되고

거문고자리에서
오르페우스의 황금리라 대신
베틀에 올라앉은 나는
올올이 그리움을 뽑아
실을 잣는 직녀가 되었습니다

은하수 저 너머로
새벽달 여위어 갈 무렵이면
신화 속 꿈같은 마법, 풀릴 것만 같아
나는 더 촘촘한 손짓으로
하늘비단을 짜야겠습니다

연애편지*

    외출해서 돌아온 초록드레스의 여인이 흰 장갑과 부채를
던져두고 소파에 엎드려 떨리는 두 손으로 글자들을 읽어
내려 갑니다 설렘과 두근거림으로 상기된 표정과 소품과
의 색채 대비가 시선을 붙들어 놓습니다 에밀.레비의 '연
애편지'를 보는 순간, 편지다발 속 까무룩이 잠들었던 연
애세포들이 깨어납니다 밤새도록 써내려간 사연들과 되살
아난 그리움의 촉수들이 빛무리 되어 하나 둘 모여듭니다

    기인 날
    침묵으로 꿈을 예비하던 눈가에
    오늘도 보고픈 오후
    당신을 향한
    울먹이는 소낙비가 내리었습니다

    영글고픈 歲月 가득
    맞닿아진 메아리의 音響처럼
    그제서야
    인내해온 가슴 환히 밝혀
    그리운

내 그리운 님 반기는
사랑의 승리이겠습니다

그 언젠가 샤롬이 보낸 엽서 구절이
세월을 뛰어넘어 하늘가로 날아오릅니다

* 프랑스 화가 '에밀.레비'의 그림

스며들다

썰물 지던 내 마음 파도이랑에
잉크빛 바다, 번져오던 그날
화답으로 출렁이던
그 휘파람 소리 기억합니다

바닷물은 소금이 되어가고
초승달은 만월로 부풀어지면서
서서히 스며들었지요

잠시, 달려 온 발걸음 접어두고
오늘은 포근히 낮잠이 듭니다
와랑와랑 달려오던 바람이
아다지오로 현을 켜는 오후나절입니다

서로에게 스며들어 우리가 되던
지난 시간들에 잠잠히 스며듭니다

우리들의 안개

호수는 가장자리 삥 둘러
안개 자욱히 풀어 놓았다
촉촉해진 바람 건듯 불어 와
복사꽃 시절, 그 한때를 불러온다
이렇게 쉬 흐를 시간임을 미리 알았던지
그는 손목을 놓지 않았었지
수줍은 손가락 슬몃 가 닿으면
아, 감전되어 흐르던 뜨거운 눈물
몰래 눈시울 지긋이 누르기도 했었지
보이지 않는 미래이기에
밤마다 눈 뜨는 근심, 비워낼 수 없었지
그렇게 서걱이던 안개는
한동안 걷힐 줄 몰랐지

비창*을 듣다
― 마지막 탄식의 노래

　해묵은 타임캡슐을 열어 봅니다
　아득한 별자리 시간에서부터
　운명의 힘을 믿고 싶었던 그 시절
　사연들이 풀려 나옵니다

"신열의 단 내음이 방안을 적시던 몇 날 밤은 가슴에 터
질 듯이 밀려오던 차이코프스키의 그 엄청난 무게였습니다
우리 사랑, 꿈에 맡길 수 있다는 용기는 파르르 경련 일던
손끝에서의 기쁨이기도 했습니다 갈잎의 애잔한 빛깔을 담
고 있는 '가을과 태양에의 窓'은 우리들의 가슴에 그토록 슬
프게 아름답게 채광되고 있었는지도 모르겠습니다"

　뒷산 계곡을 배경으로
　마음까지 덧칠하여 보낸 풍경화에
　얽힌 편지글을 읽다가
　마지막 탄식의 노래인 '비창'을 듣습니다

　뜨거움과 암울함이 뒤섞이던 그 시절
　그는 왜 '비창'을 들먹였을까요

수많은 세월이 지난 지금

나는 왜 또 그 노래에 빠져들고 있는 걸까요

* 차이코프스키의 교향곡 6번 op 74

정읍사井邑詞*를 읊다

구절초 향기 내려앉는 가을밤
문설주에 기대어
환하게 어둠 풀어놓는 보름달 마주합니다
마당을 서성이고 있던 휘영청 밝은 달은
귀가하는 남편의 마중길에도 자꾸만 따라옵니다
길들여진 세월, 되새김질 하는 사이
나는 고대가요 속 백제여인이 되어
천년의 기다림,
'정읍사井邑詞'를 낮은 소리로 읊어봅니다

달님이시여**
높이높이 돋으시어
멀리 비추어 주소서
어긔야 어강됴리
아으 다롱디리

시장에 가 계신가요
위험한 곳 디딜까 두렵습니다
어긔야 어강됴리

아으 다롱디리

어느 곳이나 짐을 놓으십시오
내 가는 곳에 날이 저물까 두렵습니다
어긔야 어강됴리
아으 다롱디리

서럽도록 고요한 달빛을 밟고 그이가 돌아왔습니다

* 백제가요, 작자 연대 미상. 우리말로 씌어진 가요 중에서 가장 오래된 작품. 행
  상 나간 지아비의 안전을 달에게 빌며 기다리다 망부석이 되었다는 정읍 여인
  의 노래.
** 정읍사 노래는 현대어 해설본 임.

가을 한 페이지

첫 단풍 소식이
오래된 나의 가을을 꺼내줍니다

봉함엽서 속
파아란 하늘과 함께
수북이 담긴 나뭇잎
붉은 지문 찍힌 단풍잎에서
계절을 앓는 남자의 외로움을 읽어내고
답장 대신 나뭇잎을 다시 또 읽었습니다

떡갈나무에 어둠이 찾아드는 가을 저녁이면
찬 서리에 덧난 그리움이 서성거렸습니다
막막한 기다림의 사연들 껴안으며
세월을 넘을 수 있었습니다

오늘은
그 옛날 페이지를 추억으로 꺼내 읽고 있습니다

찻 속 현弦을 따라

느린 장단으로
마음 속 현을 고르고 앉는다
장구 반주 곁들인 가야금 산조에 귀 기울이며
그 옛날 망국의 한을 실어 노래하고 춤추었다는
우륵의 열두 줄 가얏고를 따라 간다

높새바람에 문풍지가 운다

아직도 온기 남은 찻잔에
하얀 차꽃 띄우면
무르익는 차 향기, 현을 차고 오른다

동짓달, 긴 겨울밤
새벽별 시들어 바스라질 때까지
도란도란 나누는 금슬은
화로 위 불씨로 되살아나
저리도 찻물 끓어 넘치는데

숨 고르기

빈 의자들이 가을 축제를 기다리는 밤

채 도착 숨도 고르기 전에
어둠이 밀어올린 계단, 헛짚어 넘어졌다
푸른 뱀 지나간 자리마다
붉은 피멍, 쓰린 꽃잎으로 피었다

고지를 저만큼 앞에 두고
발자국만 찍고 돌아선 길, 가물거리는데
되돌아보면
그 밤이 무너진 계단에서
피멍꽃 지는 소리 들린다

바람은 이렇듯
잔잔한 우리들 세상마다 찾아와
헤살을 부리고
우리는 또
허방을 짚으며 산다

이불깃 여며주는 옆지기만큼은
붓꽃 같은 상처, 드리지 않으리라
빈 마음으로 숨고르기를 해본다

미라가 된 편지*

귀밑머리 풀고 앉아
꿈에서라도 보여 달라던
아내의 절절한 그리움 앞에서, 문득
'수이전 석남꽃 설화'가 꽃을 피운다
이승과 저승을 오가며 피는 석남꽃
신라 사람 최 항은 죽어서
그 귀한 꽃가지 머리에 꽂고
연인을 찾아 갔다지

안동 호반 나들이길로 이어진 월영교에서
달그림자 비추는 정자에 오르면
먼저 간 남편에게 보낸 편지와
머리카락과 삼줄로 미투리를 만든
원이 엄마의 애절한 사연들이
물결 따라 일렁인다

생사를 가리지 않는 그리움이란
어떤 모습으로든
사랑하는 사람과 함께이고 싶은 것

〉
우리는
잊혀지며, 때론 애써 잊기도 하면서
레테강을 표류하며 살지만
어디서든지
사랑하는 사람과 함께이고 싶은 것

* 조선 중기 경상도 안동에서 살았던 이응태는 원이 엄마와 유복자를 남기고 별세.
  1988년 택지개발 하던 중 무덤에서 발견된 미투리와 편지가 세상에 알려짐.

별자리에서
길을 잃다_____성덕희 시집

제6부

머나먼 시간 이동

아테네에서

여행은 꿈꾸면서 시작된다고 했다

내 사춘기를 키운 올림푸스신화,
그리스는 여전히 영웅들의 무용담으로 왁자하였다

神에게 제사를 지내던 아크로폴리스*
아테네의 수호신을 모신 파르테논 신전
여섯 소녀들이 돌기둥을 떠받치고 있는 에릭티온 신전
전쟁에 파괴된 유적 복원공사를 지켜보면서
'영원한 것은 경전의 말씀뿐'
그 깊은 진리를 곱씹으며 용사의 언덕을 내려왔다

* 고대 그리스 유적지. 유네스코 지정 세계고적 1호

메테오라 수도원에서

핀도스 산맥 아래 테살리아 지방
이슬람을 피해 은수자들이 숨어든
산봉우리 절벽 위 수도원이
우리를 기다리고 있다
그리스 하늘의 기둥 메테오라,

수도자들의 구원과 치유의 메시지는 무엇이었을까

이곳에서
삶과 죽음이 이토록 골똘해지는 것은

델피

그리스 파르나소스 산줄기에 자리 잡은
델피의 아폴론신전으로 향한다
델포이 신탁으로 유명한 곳,
세상의 중심이라는 명칭에 걸맞은
세계의 배꼽, 크로노스*의 '옴파로스'돌이
머릿속으로 와 박힌다

* 제우스 神의 아버지

눈을 뜨게 해 주십시오
− 사도 바울로의 서간문*을 읽다

비잔틴제국 황제의 도시, 그리스
성서에서 만났던 테살로니카** 항구에 도착했지요
신앙은 곧 체험이요
겸손으로 이루어진다는 진리에 젖어들 무렵
'믿음 희망 사랑'의 가르침으로
성서 사십 주간에서 익힌 사도 바울로의 서간문
'테살로니카인에게 보내는 편지'가 떠올랐지요

기독교인들을 잡아들이던 사울은
다마섹으로 가는 도중 갑자기 천상의 빛에 장님이 됩니다
예수님의 음성으로 회개하여 사흘 만에 눈을 뜨고
로마에서 순교하기까지
이방인에게 복음을 전파하던 사도 바울로는
전도여행을 통해 여러 공동체에
문제 해결을 위한 편지를 보냅니다

"항상 기뻐하십시오

 늘 끊임없이 기도하십시오

 어떤 처지에서든지 모든 일에 감사하십시오"

                    – 테살로니카전서 5.12-22절

* 개종한 첫 번 째 유대인 세례자, 갈라디아서, 필리비서, 고린토전 후서 등 13통
  의 서간문이 있다
** 마케도니아의 왕 카산도로스가 건설, 그의 왕비 이름을 따서 지어진 그리스 항
  구도시

지중해의 장미*

태양보다 뜨거운 여름이면
우린, 돛단배 한 척의 자유와 낭만을 꿈꾸었다
서랍 속 가득한 바다를 열면
뭉게구름 위로 물새 떼 날아오른다

터키의 휴양도시 안탈리아 '하드리아누스의 문'**
코린트 양식으로 조각된 기둥
세 개의 아치로 만들어진 관문으로 들어선다
골목들이 피워낸 부겐베리아
예쁜 카페들이 옷깃을 끄는 거리를 지나
칼리에치 선착장에서 유람선을 탄다
짙푸른 지중해가 눈앞까지 밀려온다

토로스 산맥이 열어놓은 넉넉한 품 안
해식동굴 절벽에 뿌리박은 호텔들
쉼터 카라알리오울 공원
주상절리와 바다 쪽으로 쏟아지는 폭포수
성벽이 에워싼 해안 절경들은 끝없이 펼쳐 있다

초록물결 위의 윤슬에
'지중해의 장미' 선율이
부서지며 흔들린다

* 이탈리아 칸초네의 여왕 밀바 '72년 산레모 가요제 출품작
** 옛 그리스 마을과 로마인 마을을 구분하던 문. 로마시대 통치했던 황제의
   이름을 따서 만들어진 문

톱카프 궁전에서

−'모세의 지팡이'*를 보고

초승달 문장紋章을 내세운 오스만투루크 제국은 이슬람 문명의 중심지 이스탄불에서 술탄의 권능과 힘을 과시하는 황금시대를 열었답니다 술탄 궁녀들의 궁궐 하렘 바그다드 별궁, 화려한 장신구 공예품 보물들 톱카프 궁전문화의 진수에 절로 고개가 끄떡여집니다

유난히 눈길 끄는 삼천 오백 년 전의 그 '모세의 지팡이'가 분별없는 나를 일으켜 줍니다 양치는 목동의 지팡이처럼, 그저 가늘고 긴 나무막대에서 저토록 위대한 기적의 불꽃이 타올랐다니 저절로 머리가 숙여집니다 오랜 세월을 견디어 지금까지 건재해 주어 고맙습니다

나의 머리에서 발끝까지 갈앉지 않는 에너지가 들이찹니다

* 팔십 세 모세가 호렙산 가시나무떨기 앞에서 '이스라엘 백성을 구원하라'는 하느님의 소명을 받을 때 들고 있던 지팡이(구역성서 '출애굽기')

바다에서 하늘 너머로

– 종이비행기

경주 밤벚꽃놀이 가자던 약속도 저만치 멀어지네요 神들의 정원이 있는 그곳 덴버, 로키마운틴에는 아직도 만년설이 남아 있겠지요 결코 서두른 건 아니었지만 어김없이 찾아온 이별의 순간, 태평양을 사이에 두고 긴 세월 마주 서야 한다는 것 주어진 형벌이라 아득하기만 했지요 짧은 만남 후 느린 시간만이 남은 지금 수월봉 화산쇄석층*처럼 쌓여가는 이 지독한 그리움은 언제쯤 가라앉을까요

함께 했던 그 흔적을 좇아서 하릴없이 해운대 백사장을 거닐어 봅니다 갈매기 울음 따라 하루에도 칠천 만 번씩이나 밀물져 온다는 파도를 하염없이 바라봅니다 꼭두서닛 빛으로 노을 지는 하늘에다 띄운 종이비행기는 바다에서 하늘 너머로 머나먼 나라, 딸아이를 향해 날아갑니다

화사한 봄날 꽃구름속 산책을, 늦어도 좋을 답신처럼 오늘도 기약해봅니다 thinking of you...

* 제주도 수월봉 엉앙길, 화산재 지층이 기왓장처럼 차곡차곡 쌓여 있다

종소리 다시 울거든

지워지지 않는 만년설을 품고
빙하호수를 떠다니는 까마득한 기억을
더듬고 있다
오늘도 전설과 함께 숨쉬는 마룬벨*
긴 침묵은 마침내
스투파** 정수리를 열어놓고
종소리 다시 울리는 그날이 온다면

붓다의 울림으로
종소리, 빈 하늘에다 길을 내어
다시 퍼져나가는 그날이 온다면

로키산맥 대협곡을 지나
먼 별빛 내려앉은
수목한계선의 침엽수림으로
콜로라도 달빛 물든
아스펜 단풍, 은사시나무숲까지
겹겹이 말아둔 두루마리

빛살 메아리처럼 펼치리라

산허리에 걸려
지지 않던 그리운 안부들을

낯선 곳이 길이다

밀레의 '만종晩鐘'을 볼 때마다
기도하는 농부가 되곤 했다

'보로부드로 사원의 종*'을 선물 받고
그 여운만으로
자바섬을 꿈꾸었다, 막연한 땅

어둠에 갇힌 불꽃처럼
마냥 튀어나오고 싶던 날
야릇한 설렘이 그리움이 되는 곳
'탑 속에서 해가 뜨고 진다'는 족자카르타에서
닫힌 전생을 열고
낯선 곳에서 길을 찾는다

일곱 겹의 가파른 층계를 둘러선
무량수불無量壽佛**의 회랑을 돌아 나오면
거기 천년의 잠에서 깨어난
부처님의 염화미소
스투파로 이어진 만다라는

법열의 연꽃세상이었다

종소리는 석가모니의 울림이 되고
간절한 서원을
맨 처음 촛불로 밝힌 자,
그 누구였을까

* 인도네시아 자바섬 족자카르타의 불교 유적. 스투파(종 모양의 탑 속에 결가부
  좌한 부처님이 있다.
** 과거와 현재, 미래를 사는 영원한 부처님

순례자의 길

성모님의 동산에 십자가도 피었습니다
야곱의 하늘사다리마다
넝쿨장미는 인연을 엮어가고

알게 모르게 지은 죄罪가
업業이 되어 눈물바다 이룬 곳
자비가 있다기에
아무도 가르쳐 주지 않는
명쾌한 해답이 있다기에
쉽게 허락되지 않는 바깥세상
그 길 위의 순례자를 꿈꾸어 봅니다

피레네 산맥 너머
얼마나 아픈 길 더 걸어야
산티아고 교회 '용서의 문'을 만날 수 있을까요

별들의 들판
기쁨의 언덕지나
얼마나 부끄러운 땀방울 더 적셔야

'성 야고보의 무덤'*

영광의 문으로 들어갈 수 있을까요

오롯한 영혼의 숨길에 피는 언어들
– 성덕희 시의 세계

정 훈
(문학평론가)

성덕희의 시를 읽으면 맑고 고요한 게 어떤 것인지 다시금 깨닫게 된다. 소재뿐만 아니라 시인이 대상을 취하면서 뽑아내는 마음의 결에 삿된 가지들이 보이지 않아서이다. 그 까닭은 세계를 응시하면서 어떤 복잡하면서도 난삽한 사유의 흐름 속에 생겨나는 지성의 무게를 과감하게 덜어냈기 때문이다. 소박하게 자신의 마음을 다림질했기에 가능한 솜씨다. 이 깨끗한 시들을 완성 짓는 것은 자연과 종교에서 우러나오는 깊은 성찰과 서정이겠지만, 한편으로 순하디순한 마음의 길이 시편을 독자에게 갈무리지어 내보이는 주된 요소다. 따라서 시의 본래 기능 가운데 하나인 '정화'와 서정적 울림을 성덕희의 시편들이 행하고 있다고 보아야 한다. 사회가 복잡해지고 온갖 비판의식과 지성의 고투가 현대시에서도 자주 보게 되는데, 이러한 시들이 시의 사회적 기능을 일정하게 수행하는 측면이 있을지라도 아무래도 시의 미학적 요소에 소홀해지기 마련이다. 시의 미학적 기능은 시인의 세계관과 언어의 결합이 형식적인 면에서 잘 빚어낸 항아리처럼 조화를 이룰 때 성취된다. 이 점과 아울러 시의 언어를 통한 독자 내면의 환기와 존재 자체에 대한 반성을 수행한다. 이러한 본질적인 시의 기능은 존재에 대한 사심 없는 응시와 내밀한 주시注視를 통해서 이루어진다. 세계를 보는 안목은 실존을 부정하지 않고 있는 그대로 수긍하면서 끝없는 시간 위의 여정 속에 자신을 내맡김으로써 이룩한다. 여기에는 사회적 시선이 삭제된다. 다만 눈앞에 다가서는 시간과, 자신이 발 딛고 서 있는 공간적 영역에서 궁극적으로 다가서려는 순수한 의지만이 문제가 된다. 의지는 감각을 초월해서 지향하는 세계의 깨달음이다. 세계를 밀어내거나 부정하는데서 자신의 의지를 관철하는 소극적인 욕망이 아니라, 비록 주체에게는 과분하고 불가해한 세계일지라도 한 아름 끌어안으면서 자신을 세계 한복판에 구겨 넣는 적극적이면서도 긍정적인 의지의 욕망이다. 그 속에 아이와 같은 천진난만함이 솟아난다. 이럴 때 비로소 세계와 주체가 하나가 되고 융합하는 서정의 참맛을 느낄 수 있는 것이다.

어느새 꽃씨가 익었다고

문밖 귀뚜라미가 기별을 전한다

다실 등잔불 아래 그윽한 눈빛, 심지 돋우어 넣고

노박 덩굴과 비로용담꽃 한 가지로 우려낸 가을을 나눈다

서리 기러기 떼 노을 속으로 날아갈 무렵

- 「가을 소나타」 전문

위 시에서 주된 정경이 되는, 가을과 서정적 자아의 거리는 가깝다 못해 서로 스며들어 있다. 가을의 한복판에서 시인이 느끼는 감정은 애상이나 쓸쓸함보다는 무덤덤함에 가까울 것이다. 그런데 이 '무덤덤함'은 감정을 삭제한 삭막한 의지의 상태가 아니라 '가을'이라는 계절의 낌새를 맘껏 흡수하면서 다시금 뱉어내는, 무연한 듯한 자세이다. 서정적 자아가 계절을 바라보는 시선 속에 쓸쓸함이나 고독이 자리 잡지 않았을 리가 없겠지만 이렇듯 맑은 수채화 같은 시정詩情으로 시를 형상화할 수 있는 까닭은 아무래도 번잡한 사유와 감정을 최대한 억제했기 때문이리라. "문밖 귀뚜라미가 기별을 전"하고 "노박 덩굴과 비로용담꽃 한 가지로 우려낸 가을을 나"누면 그만이다. 가으내 떨어지고 사라져갔을 존재들이 남긴 미련의 흔적들이 말끔히 지워지고, 감정마저 훌훌 털어버리고 스러져 가는 세계의 그늘만이 스산하게 이 시를 채색하는 것이다. 여기에서 시의 화자는 자신을 가을이 그리는 풍경 속으로 밀어 넣는다. 자연의 변화를 객관적으로 대상화하여 조망하는 게 아니라 아예 화자를 자연의 물결 위에 얹어놓음으로써 낮고 겸허하게 생명의 순리에 몸을 맡긴다고 할 수 있다.

울타리 틈새마다 나팔꽃, 소리를 매단다
기상나팔로 초여름 불러내면
아침 기도로 하루가 열린다

〉
손에 잡히지 않는 젊은 날
한낮의 열기로는 삭일 수 없어
잃어버린 세월을 악보로 그려보는 오후
하전하전... 바람조차 공허하다

하릴없이 바쁘기만 했던 날들
허투루 보낸 시간들이
새삼 아깝고 후회스러운 건
나이 듦일까

'이 또한 지나가리라'
다윗왕의 반지에 새겨진
솔로몬의 지혜를 더듬으며
저녁기도와 함께
나는 하루를 닫는다

ㅡ「또 다른 하루」 전문

　자연에 자신을 맡겨버리는 시인의 온유함은 「또 다른 하루」에서도 여실히 드러난다. 하루하루 속절없이 지나가는 일상은 때로는 무료하면서도 때로는 뜻하지 않게 후회를 만든다. 만족했다고는 할 수 없지만 그럭저럭 무난한 하루를 보낼 수 있는 것도 어찌 보면 생명의 축복이다. "아침 기도로 하루가 열"리고 "저녁기도와 함께/ 나는 하루를 닫는" 신실한 마음자리가 있기에 사소한 일에도 연연하지 않고 고요할 수 있다. 물론 시인은 "하릴없이 바쁘기만 했던 날들/ 허투루 보낸 시간들이/ 새삼 아깝고 후회스러운 건/ 나이 듦일까"라 자문하기도 하지만, "'이 또한 지나가리라'"는 잠언을 되새기며 마음의 때를 벗겨낸다. 이 소박하면서도 고요한 내면의 고백을 읽으면 삶이 그리 요란하지 않아도 수많은 의미가 담겨 있다는 사실을 알 수 있다. 기도와 명상으로 자신을 반성하고 들여다보면서, 세계와 자신이 관계하는 비밀스러운 소통을 기꺼이 떠맡게 되는 것이다.

　세계와 서정적 자아가 서로 합류하고 일치하는 일은 시의 오래된 특징 가운데 하나다. 세계를 설명하고 해석하는 수단이 아니라 있는 그대로 받아들이면서 감각적으로 형상화하여 자신을 드러내 보이려는 매개가 되는 것이 시의 보편적인 속성이다. 시는 시인의 의도가 언어에 녹아들면서 생긴 새로운 상象을 독자에게 제시한다. 이미지와 대상은 그 상의 오묘한 운동에 복무하는 시의 요소들이다. 성덕희의 시는 정중동의 고요한 바닥에서 마음으로 빚어내는 언어의 탑이다. 그 둘레에는 경건하면서도 소담한 향이 감돈다. 이 세상에 조용히 젖어 들어가는 마음의 지향이 수많은 대상들을 보듬고 안으면서 언어의 수를 놓는다. 여기엔 세계를 인식하는 냉정한 시각보다는 '적극적인 수동성'으로 세계를 껴안는 '여성성'이 물결처럼 출렁인다.

　　썰물 지던 내 마음 파도이랑에
　　잉크빛 바다, 번져오던 그날
　　화답으로 출렁이던
　　그 휘파람 소리 기억합니다

　　바닷물은 소금이 되어가고
　　초승달은 만월로 부풀어지면서
　　서서히 스며들었지요

잠시, 달려 온 발걸음 접어두고
오늘은 포근히 낮잠이 듭니다
와랑와랑 달려오던 바람이
아다지오로 현을 켜는 오후나절입니다

서로에게 스며들어 우리가 되던
지난 시간들에 잠잠히 스며듭니다

―「스며들다」 전문

여성성이 부드럽게 번져있는 시다. "서로에게 스며들어 우리가 되던" 시간들이 소중하게 떠오르는 시의 화자는 마치 오수에 빠져들듯 꿈길을 걷는다. 스며듦은 대상과 주체가 서로 맞서 있지 않고, 용서하고 포용하는 가운데 이루어지는 상태다. 경계가 허물어져 너나없이 혼용하면서 낮은데서 섞이는 모습을 떠올린다. 자신을 방어하면서 대상에 대한 경계심과 두려움이 생기면 세계를 바라보는 눈에 장막이 생길 수밖에 없다. 이 장막을 스스로 걷어 내기란 여간 힘든 일이 아니다. 자신을 무장해제해 버리려는 마음의 다짐이 없다면 단단한 벽을 사이에 두고서 삶을 영위할 수밖에 없을 것이다. 시인에게 인생은 너와 내가 손을 내밀어 화해하고 서로를 따뜻하게 덥혀주는 생명의 보살핌이다. 이러한 배려와 보살핌이 대상을 끌어들이고 녹여내어 커다란 하나가 된다. 스며드는 행위에서 싹트는 진한 생의 농담濃淡을 체득하면서 우리는 자신과 대상이 원래 어떤 색채를 지니게 되었는지 깨닫게도 된다. 시인은 그런 이치를 위 시에서 보여주고 싶어 했는지도 모른다.

빈 의자들이 가을 축제를 기다리는 밤

채 도착 숨도 고르기 전에
어둠이 밀어올린 계단, 헛짚어 넘어졌다
푸른 뱀 지나간 자리마다
붉은 피멍, 쓰린 꽃잎으로 피었다

고지를 저만큼 앞에 두고
발자국만 찍고 돌아선 길, 가물거리는데
되돌아보면
그 밤이 무너진 계단에서
피멍꽃 지는 소리 들린다

바람은 이렇듯
잔잔한 우리들 세상마다 찾아와
헤살을 부리고
우리는 또
허방을 짚으며 산다

이불깃 여며주는 옆 지기만큼은
붓꽃 같은 상처, 드리지 않으리라
빈 마음으로 숨고르기를 해본다

– 「숨 고르기」 전문

삶의 여러 풍경들에서 마주하게 되는 상황을 이해하고 스며드는 과정은, 사실 지난한 시간의 삭힘에서 얻은 지혜로 가득차 있다. 즉자적인 삶의 태도를 극복하고 마침내 얻게 되는 자발적·능동적 자세는 세상이 조금 불편할지라도 그런 상황을 긍정적으로 소화시키는 기능을 심어준다. 「숨 고르기」에서는 숨을 고르는 행위로써 이를 대신한다. 숨을 고르는 일은 지금까지 행해왔던 삶의 행로를 반추하는 일과 상통한다. 잠시 멈춰서 자신의 마음을 다독이고 다시 나아가야 하는 길의 궤적을 짜 맞추며 매만지는 일과 이어진다. 늘 "우리는 또 허방을 짚으며" 살기에 후회와 한숨 섞인 생채기를 흘린다. 이에 시인은 "붓꽃 같은 상처, 드리지 않으리라/ 빈 마음으로 숨고르기를 해본다". 일상의 사소한 마음의 얼룩이 삶의 거대한 길을 다시금 걷게 해주는 교훈이 되기도 함을 위 시에서 확인할 수 있다. 문득 걷다 말고 멈춰보는 행위에서 반추하는 마음의 숨고르기다.

　　바람조차 가물어
　　후박나무 숲에도
　　산새가 깃들이지 않고

　　절집 마당 금강초롱, 은방울꽃
　　방울 소리 내지 않고

　　나를 꼭꼭 닫아걸어서일까
　　처마 끝 풍경, 한없이 침묵하고
　　나는 풍경 소리 간절해져
　　몇 차례 탑돌이를 해봅니다

　　뒷산이 먹구름을 업고 나서야
　　천둥 번개가 따라옵니다

　　이제야 바람 올올이 풀어져
　　풍경 소리 터져 나옵니다
　　적막한 산을 넘고 강을 건너
　　참았던 설움들

바람결에 울려 퍼집니다

– 「풍경으로 울다」 전문

　성덕희의 시에서 잔잔히 울려 퍼지는 고요와 평화의 세계는 시인의 심중心中에 자리 잡은 세사世事의 먼지들을 흩어내려는 마음의 씻김굿을 펼친 후 가능해진 시공간이다. 시인이라고 해서 번뇌와 아픔이 없을 리 만무하다. 시인이 노래하는 자연의 공간이 소박한 가운데 평정한 공기를 독자들에게 불어넣어주는 까닭은, 시인의 내면 깊숙한 곳에 있는 복잡한 심사를 호기롭게 날려 보내고 어쨌든 세상의 존재들과 허심탄회하게 소통하려는 의지에서 비롯한다. "나를 꼭꼭 닫아걸어서일까/ 처마 끝 풍경, 한없이 침묵하고/ 나는 풍경 소리 간절해져/ 몇 차례 탑돌이를 해"보려는 마음의 움직임도 거기에서 연유한다. 나를 오랫동안 여미고 닫아 걸은 빗장을 열어젖힐 때 비로소 "이제야 바람 올올이 풀어져/ 풍경 소리 터져 나"오면서 "적막한 산을 넘고 강을 건너/ 참았던 설움들/ 바람결에 울려 퍼"지는 것이다. 누구나 그렇듯이 자신을 활짝 열어젖힐 때 비로소 "이제야 바람 올올이 풀어져/ 풍경 소리 터져 나"오면서 "적막한 산을 넘고 강을 건너/ 참았던 설움들/ 바람결에 울려 퍼"지는 것이다. 누구나 그렇듯이 자신을 활짝 열고 세상과 하나가 되기란 쉽지 않다. 왜냐하면 '자아'란게 원래 타자에 대한 경계를 지우기 때문이다. 자의식이 생기는 경우도 이와 같다. 다만 의지를 작동해서 마음의 그늘을 지우려는 행위는 세상의 존재들과 소통하는 가운데 가능해짐을 인식할 때 위 시에서 화자가 소망하는 바를 알 수가 있다.

시집『별자리에서 길을 잃다』에는 종교적 소재 또한 여러 시편들 속에 흩뿌려져 있다. 불교와 가톨리시즘이 시인의 내면과 합류하여 큰 물줄기를 이룬다. 명징한 마음이 빚어내는 언어의 울림에는 이런 종교심도 한 몫 한다. 시인은 종교적 가르침을 명심하는 것뿐만 아니라 삶의 행보에서 부딪치는 세속적 번민과 갈등을 낳는 욕망의 뿌리를 관조하며 이를 씻어내려 한다. 인간 세상이라 완전한 마음을 지니기란 불가능하기에 다만 끊임없이 마음을 닦는 일만이 종교적 실천에 가까워지는 행위일 것이다. 그래서 성인들의 삶의 발자취를 따라가며 이들을 상념 하는 것으로 귀결한다.

성모님의 동산에 십자가도 피었습니다
야곱의 하늘사다리마다
넝쿨장미는 인연을 엮어가고

알게 모르게 지은 죄罪가
업業이 되어 눈물바다 이른 곳
자비가 있다기에
아무도 가르쳐 주지 않는
명쾌한 해답이 있다기에
쉽게 허락되지 않는 바깥세상
그 길 위의 순례자를 꿈꾸어 봅니다

피레네 산맥 너머
얼마나 아픈 길 더 걸어야
산티아고 교회 '용서의 문'을 만날 수 있을까요

별들의 들판

기쁨의 언덕 지나
얼마나 부끄러운 땀방울 더 적셔야
'성 야고보의 무덤'
영광의 문으로 들어갈 수 있을까요

– 「순례자의 길」 전문

성지를 순례하며 떠올리는 마음은 아마도 하나로 모아지지 않을까. 그것은 사도나 성인들의 삶을 묵상하며 이들의 신앙에 가까이 다가가려는 다짐일 것이다. 죄와 부끄러움이 되풀이되는 이 세상에서 잠시나마 자기를 돌보며 반성해서 영혼의 세례를 받기 위해서라도 수많은 신자들이 성지로 순례를 한다. "길 위의 순례자를 꿈꾸"며 지복한 "영광의 문"으로 들어가려는 시의 화자 또한 순례자의 대열에 참여하고 싶어 한다. 종교가 이룩한 거룩하고 숭고한 세계를 잠깐 생각하는 것만으로도 마음의 위안을 얻는다. 순례를 하면서 얻게 되는 신앙의 갖가지 은택은 믿음을 더욱 공고히 하는 에너지가 된다. 시인이 신앙하는 가톨릭의 세계만이 아니라 모든 종교의 성지가 밝히는 종교심의 분발은 이 세계와 자신의 관계가 더욱 더 밝아지고 뚜렷해지는 계기이기도 하다. 시심의 새로운 공간으로서 성지의 한 측면을 위 시는 넌지시 던지고 있는 것이다.

망월사의 하루는
저녁예불 소리로 저물어 가고

낙가보전 꽃 창살 무늬에 어둠 내리면
부지런히 달을 낚는 월조문을 지나

지혜를 밝힌 촛불 방에서
무명초 고운님들은
하늘부처를 만난다
긴 침묵 끝
망상을 몰아내는 장군죽비 소리

도봉산 진달래, 서럽던 세월만큼
만다라를 향한 아름다운 동행

'물 속의 달을 건지듯 하라'
화두話頭 하나 들고
길을 묻는 운수납자들
기다림으로 섬돌을 떠돌던
고무신에 달빛만 부서지고 있네

시절인연 따라
화엄세계를 이어주는 풍경은 그대로인데

－「고무신에 달빛 부서지고」 전문

　시인의 가톨릭적 사유는 불교적 사유와 접맥되어 이번 시집의 색채를 더욱 돋보이게 한다. 위 「고무신에 달빛 부서지고」는 불교의 색채를 드러내는 여러 시편들 가운데 하나이다. 시의 제목부터가 이미 선禪의 한 표정을 보여준다. 화두삼매에 빠지는 고승의 경지가 아니더라도 산사에 가득한 향취는 사바의 번뇌를 잊게 하기에 충분하다. "긴 침묵 끝/ 망상을 몰아내는 장군죽비 소리"에 정신이 번쩍 들면서, "물속의 달을 건지듯 하라"는 화두를 캐물으며 길을 떠나는 운수납자는 바로 우리에게 주어진 삶의 방랑의 표식이 아닐까. 수많은 고민과 방황 속에서 깨달음의 길을 찾아나서는 중생이 곧 우리라면, 여기에서 반드시 건져 올려야만 하는 해답 하나쯤은 각자 지녀야 할 것이다. 시인은 그 해답을 제시하지는 않고 다만 해답을 풀 열쇠를 찾아라 말하는 듯하다. "고무신에 달빛만 부서지"는 공안公案과 같은 말이 그것이다. 이 말에 주목하라는 뜻을 품은 듯 시인과 독자는 선연한 세계 속에서 제 길을 찾아야만 하겠다.

　서정의 세계는 시인의 마음이 대상의 구석구석 눈길이 닿아 반사되는 환한 감정을 독자에게 되돌려 준다. 그래서 서정시는 독자의 심정을 정화하는 기능을 맡기도 하는 것이다. 이러한 서정의 세계에서 시인은 현실과는 유리된 또 다른 현실을 경험한다. 이 시적 현실은 시의 지향점이자 시적 당위가 펼쳐 놓은 가상공간이기도 하다. 그렇다고 시의 세계는 시인이 몸담고 있는 현실에서 오랫동안 자아내고 빚어낸 상상의 추출물이기에 역으로 시인의 마음자리를 짐작할 수 있다. 성덕희의 시는 시인이 얼마나 마음의 안녕과 평화와 고요를 간구하는지 보여준다. 이는 차(茶)와 관련한 시편들에서 확연하다. 다도茶道란 말도 있듯이 시인이 차와 오랫동안 함께 하며 삶의 참된 길을 걷는 중이다. 다양한 다구茶具를 통한 시간과, 그 시간 위에 널어 깨끗이 말려놓고자 하는 마음의 결이 정갈하게 펼쳐져 있는 것이다.

　　　오랫동안 길들여진 분청다완
　　　손금 보듯 들여다봅니다
　　　자박자박 발자국 소리처럼
　　　찻물이 스며들어
　　　실금으로 키워 온 세월들

〉
달의 숨소리와
도공의 들숨날숨이 배어든 사발 안
'눈박이'가 저문 안부를 물으면
보름달 모양, 차고인 자리에
찻솔이 들어섭니다
그득하게 담긴 달빛차를 따르는 나는
시냇물이었던 한 시절을 흐르다가
격랑이었던 바다, 한때를 추억하다가

어느덧 연둣빛 평정심을 찾아 갑니다

– 「분청 사발〔茶碗〕」 전문

차를 따르며 음미하는 시간이 바로 명상하는 때이다. 분청사발이 만들어지기까지의 과정을 상상하며, 또한 시의 화자가 지금 차를 앞에 두고서 한 시절을 추억하며 만들어가는 것은 마음의 고요다. "찻물이 스며들어/ 실금으로 키워온 세월들"과 "달의 숨소리와/ 도공의 들숨날숨이 배어든 사발 안"의 시간은 공통의 영역으로 묶을 수 있는 시간적 은유로도 읽을 수 있다. 실존의 체험적 시간과 우주적 시간이 합일해서 펼쳐지는 총체적 시간이다. 우주와 내가 만나서 이룩하는 명징한 시공간에서 참된 행복을 느끼게 된다. 시인이 차를 마시는 행위는 삶의 그런 참맛을 조금이나마 느끼기 위해서인지도 모른다. "그득하게 담긴 달빛차를 따르는 나는/ 시냇물이었던 한 시절을 흐르다가/ 격랑이었던 바다, 한때를 추억하다가// 어느덧 연둣빛 평정심을 찾아"가는 시인의 모습에서 독자들도 덩달아 평정해지는 마음을 느낄 수 있을 것이다. 성덕희의 시편들은 이렇듯 세계의 고요를 언어로 직조하여 형상화한다. 조용히 가라앉은 마음의 숨길에 새싹처럼 돋아나는 말들의 표정에서 시인이 가고자 하는 길을 가늠한다. 그 길은 욕망과 집착과 잡념에서 해방된 지복한 숨길이다. 추억과 그리움은 샘물처럼 솟아나되 인간성과 자연을 갉아먹는 해로운 존재(성)들이 썰물처럼 빠져나간 곳에서 노래하는 시인을 생각한다. 모든 시인이 꿈꾸는 세상에서도 오롯한 한 송이 영혼의 언어를 붙잡으려는 의지를 시집 『별자리에서 길을 잃다』는 보여준다.